Christian Ferch

Mein Stern

Eine Chronik

Für

Frau Iris Bussler

und

Frau

Uschi Reifenberg

Werden sie Menschen sein?

Diogenes von Sinope

ging bei Tage mit einer Laterne

auf den Marktplatz

und antwortete auf die Frage, was

er mache:

"Ich suche einen Menschen."

Als ich ein kleiner Junge war, war alles anders.

Die Eltern hatten Arbeit, und konnten uns behüten. Wir: Das sind mein Bruder und ich. Wir haben am gleichen Tag Geburtstag, doch ist er ein Jahr älter als ich. Als Jugendlicher hatte ich nie eine Geburtstagsfeier für mich allein. Er jedoch auch nicht. Das wurde mir erst später klar. Wir bewohnten seit kurz vor unserer gemeinsamen Einschulung Anfang September 1972 ein Einfamilienhaus in einer kleinen Stadt nahe Bad Segeberg, Wahlstedt. Unser Einzug in den Stieglitzweg 15 fand am Buß- und Bettag 1971 statt. Vater hatte Tuberkulose gehabt, und man hatte ihm empfohlen, aufs Land zu ziehen. Seine Verbeamtung war daher nicht ohne Schwierigkeiten verlaufen. Mutter war auch Beamtin. Auch als Lehrer. Die beiden hatten Mathematik studiert. Und Sport. An der pädagogischen Hochschule Kiel. Nun waren sie Beamte. Lehrer eben, vom Land angestellt. Das gab Sicherheit. Zumindest finanziell. So konnten mein Bruder und ich behütet aufwachsen, und unsere Kindergeburtstage feiern. Die Gästeliste wurde gemeinsam besprochen.

Für die Großmutter mütterlicherseits sowie deren Tochter wurde in der Kleinstadt eine Wohnung gesucht. Das war ein

Geben und Nehmen: Die beiden Frauen hatten familiären Anschluss und ein wenig Gesellschaft, und unsere Eltern, die beide länger in der Schule waren als mein Bruder und ich, wurden entlastet von Kinderbetreuung und Zubereitung der Mittagsspeise. Oft gab es Kohlrouladen, doch der Kohl meines Bruders landete regelmäßig auf meinem Teller, da er ihm nicht mundete. Einzig das Hackfleisch mit Reis hatte es ihm angetan. Manchmal gab es auch Spaghetti Bolognese. Ein Kindergericht. Ich verfeinerte es mit geriebenem Parmesan. Mein Bruder ergriff die Flucht in ein Nebenzimmer, da er den Käse - oder mich - nicht riechen konnte. Die Nervenzellen seines Gesichtserkers waren zwar intakt, doch scheinbar etwas überempfindlich. Käse mag er bis heute nicht, nur auf Pizza. -

Wer nun der kleine oder der große Bruder ist (178 cm gegen 184 cm), wissen wir immer noch nicht, und das wird wohl so bleiben. Wahrscheinlich ist das gut so.

Der Kindergeburtstag Ende August sollte für unsere Gäste und uns etwas Besonderes sein: Wir dachten uns verschiedene Wettspiele aus, um neben Kaffee und Kuchen und dem üblichen Topfschlagen keine Langeweile aufkommen zu lassen. So wurde nach Zeit einmal ums Haus gerannt, ein weiteres Mal mit einem ausrangiertem Autoreifen um den

Hals als Handicap. Die mechanische Stoppuhr, mit der die Zeit genommen wurde, war normalerweise ein Privileg der Sportlehrer an den Schulen. Und wir hatten eine! Beim Kirschkernweitspucken oder Tischfußball hingegen war keine Zeitmessung vonnöten... -

Keiner wird gewinnen. -

Der Großteil der Geburtstagsgäste hatte die Herausforderung der wettbewerbsähnlichen Spiele erfreut angenommen, doch gab es Ausnahmen. Ein bestimmter Gast, welcher den anderen in Talent und Sportlichkeit etwas nachstand, konnte nicht so recht Freude finden an unserer leistungsorientierten Feier. Bei der Verteilung der aus Pappe selbstgebastelten, dann mit Modellbaufarben in Gold, Silber und Bronze bemalten kleinen Pokale ging er leer aus. Der Verzweiflung nahe, rang er mit Tränen: »Ich gewinne ja doch nie!«
Heute ist er Ingenieur.

Unser Vater schwärmte von Heinrich von Kleist: Michael Kohlhaas war sein Lieblingsbuch. »Gebt mir meine Rappen wieder!«, war der kraftvolle Kernsatz dieser Schrift.

„[...] kurz, die Welt würde sein Andenken haben segnen müssen, wenn er in einer Tugend nicht ausgeschweift hätte. Das Rechtsgefühl aber machte ihn zum Räuber und Mörder."

Michael Kohlhaas. Aufrecht bis in den Tod. - Die Gerechtigkeits-Philosophie Heinrich von Kleists hatte es Vater derart angetan, dass er vermeinte, nichts Weiteres lesen zu müssen.

Wer macht den ersten Fehler?

Den ersten Fehler machte mein Bruder. Auf dem Tennisplatz. Beim Aufschlag. Dann der zweite Versuch. Wieder daneben. Doppelfehler. Seiner Unterlegenheit auf dem Tennisplatz einsichtig, machte er einen anderen Aufschlag: Er schlug Bücher auf, Schachbücher. Er studierte Eröffnungen (so nennt man die ersten Züge auf dem Spielbrett), deren unterschiedliche Varianten mit Nationaladjektiven bezeichnet werden: Spanisch, Englisch, Französisch, Russisch usw. Weiter: Den richtigen Zeitpunkt für eine Rochade sowie Sinn und Funktion eines Gambits. Das ist ein Bauernopfer zu Beginn einer Partie, um den Weg frei zu machen für den richtigen Angriff.

Die Mutter hatte mehr gelesen: Günther Grass, Die Blechtrommel, Der Butt, Kopfgeburten. Und Heinrich Böll: Billard um Halbzehn, Ende einer Dienstfahrt, Gruppenbild mit Dame, Ansichten eines Clowns.

Und natürlich Ernest Hemmingway: Tod am Nachmittag. Hintergründe zur grande corrida, welcher wir in Südfrankreich des Öfteren beiwohnten. Geschichten von Matadoren, ihrem Stolz und Temperament. Capa, Muleta, der Picador zu Pferde usw. ... -

Derart gewappnet mit Fachwissen sowie durch kontinuierliches Training im örtlichen Schachverein, getraute er es sich, anzutreten bei den Landesmeisterschaften in Schleswig-Holstein. Somit hatte er meinen Respekt zurückgewonnen, neu erworben, sich erkämpft, wenn auch nicht in sportlichen Gefilden. Doch ist nicht Denksport auch Sport?

Die Reisen der Familie waren unser ganzer Stolz: Im Sommer fuhren wir vier Wochen nach Südeuropa, meistens nach Frankreich an den Atlantik, zum Campen auf einem riesigen Campingplatz unter Pinien. Das sind Kiefern, ungefähr 15 bis 20 Meter hoch. Im Winter zum Skilaufen in die Alpen: Des Öfteren Österreich oder Südtirol: Sölden und Badgastein, in Österreich, Selva Gardena (Wolkenstein), Campitello, Corvara und Cortina D'Ampezzo in Südtirol, Italien. Hier in Ladinien – so wurde dieser Landstrich auch genannt – sprachen die Einheimischen akzentfreies Deutsch. Dreimal hatte ich Gelegenheit, die Skipisten Corvaras zu erkunden. Nur ein Tal weiter, in Cortina, niente Tedesco, solo Italiano.

Parlamos?

In der Schweiz war es zwar vornehm und edel, jedoch finanzaufwändig, daher nahezu unerschwinglich. Trotzdem fiel eine Saison die Entscheidung, einen Skiurlaub in Saas-Fee im Kanton Wallis zu verbringen. Im autofreien Saas Fee goutierte man Ruhe. Einzig das Surren der elektrisch betriebenen übergroßen Handkarren, auf welchen das Gepäck der Gäste in deren Unterkünfte transportiert wurde, machten ein wenig Geräusch. Erholung garantiert.

Die Nachbarn hatten einen Mercedes vor der Tür, und einen gepflegten Garten. Ihr Lebensunterhalt wurde mit Versicherungen erworben. Sie waren auch Mitglieder des Tennisclubs Rot-Weiß Wahlstedt. Vater Michael und sein Ältester – Stefan war sein Name - waren Linkshänder.

Einen weiteren Skiurlaub, welcher regelmäßig in den Oster-ferien begangen wurde, verbrachten wir in der Schweiz. Jungfrau-Region. Monumentale Aushängeschilder die Berge Eiger und Mönch. - Ein anderes Jahr in Wengen (1274 m. ü. M.) im Kanton Bern. Nebenan Mürren im Kanton Bern, 1650 m über dem Meeresspiegel gelegen, ist wie Saas-Fee autofrei. Mehr weiß ich nicht mehr. Jedenfalls waren wir mal in der Schweiz, zum Ski laufen.

Die einzelnen Felder eines Schachbrettes, acht mal acht, also vierundsechzig an der Zahl, sind unterschieden in schwarz und weiß. Darin liegt keinerlei Wertung, denn es wird ja nicht gemalt oder gesprochen. Schon gar nicht schwarz-weiß. Ganz genauso verhält es sich bei einem Klavier: Die schwarzen Tasten bedienen die Halbtöne, welche nichts Böses oder gar Negatives mitteilen und dar-stellen möchten, sondern eben die passive, leicht melan-cholische und trauernde Seite unseres Daseins.

Ebony and Ivory, living in perfect harmony,
so why don't we?

Eines Jahres hatten die Eheleute entschieden, ihren Sommerurlaub mit den beiden Söhnen in Tunesien, Nordafrika, zu Besuch bei einem Cousin der Mutter zu verbringen. Der VW Golf in zitronengelb war für vier Personen zwar ein wenig knapp bemessen, doch reichte er als Transportmittel allemal hin. Die Reise führte die Familie zunächst nach Genua, wo eine Mittelmeerfähre sie in Empfang nahm. Nach Platzierung der Fahrzeuge auf engstem Raum im Unterdeck konnte die Überfahrt beginnen.

Auf dem Gymnasium in Bad Segeberg hatten mein Bruder und ich dieselben Leistungskurse gewählt: Mathematik und Physik. Eben das Vertraute, in dem man sich wohlfühlen und mit guten Leistungen glänzen konnte. Nach zwölf Jahren gemeinsamer Schulzeit musste ich die Waffen strecken: Schlechte Leistungen gepaart mit Angst vor den Abiturprüfungen bewogen mich, den 12. Jahrgang zu wiederholen. Als vorsorgliche Rechtfertigung vor den strengen Eltern erbat ich mir von meinem Tutor einen schriftlichen Ratschlag. Der DIN-A 5 Zettel findet sich in meinem Studienbuch der Dahlmannschule Bad Segeberg.

Wir hatten nur einen VW. Passat Variant. 60 PS. Das Gelb-Orange der Lackierung wirkte warm, menschlich und be-

14

ruhigend auf die Gemüter der Reisenden. Schwarz wäre noch beruhigender gewesen, doch auch trauriger.

Ein weiterer Anlass zur Hochachtung vor meinem Bruder bot seine Bewältigung einer bestimmten Klausur im Mathematik - Leistungskurs. Der Lehrer, welcher in seiner Freizeit ein Kapitänspatent erworben hatte, legte zu einer bestimmten Aufgabe zwei Lösungswege sich zurecht. Mein Bruder ersann einen weiteren dritten. Damit hatte der Lehrer nicht gerechnet. Die Klausur wurde mit 15 Punkten bewertet. Eine Eins plus.

Das Zitronengelb des Vorgängers, dem VW Golf, war ein wenig aggressiv. Vielleicht beabsichtigt, denn so etwas konnte manche Leute schon aufwecken. Nach der Fahrt mit dem Schiff von Genua im Hafen von Tunis angekommen, suchte man die Straße nach Hammamet, wo der Cousin der Mutter sich als Imker niedergelassen hatte. Ein Schilderfabrikant aus Plön, Schleswig-Holstein, hatte derart gut gewirtschaftet, dass er einen seiner Mitarbeiter dessen Leidenschaft, der Imkerei, nachgehen lassen konnte. In Tunesien, Nordafrika.

Umso mehr meine Verwunderung, als mein Bruder mir auf Nachfrage seinen Notendurchschnitt des Abiturs fernmündlich mitteilte: Nur eine 3,0. Ich hatte mich verschätzt, mehr von ihm erwartet... -

Unser Vater hatte von seinem Vater erzählt: Elektroingenieur. Theoretisch und praktisch. Universität und Betrieb. Als er in der Verkleidung eines Nazi-Offiziers von den Russen in Gefangenschaft stundenlang verhört worden war, hatten diese ihn entlassen mit den Worten:»Gehen Sie nach Hause. Ihrer Uniform glauben wir kein Wort. Sie lieben doch Ihre Familie und Ihre Kinder.«

Sie kamen aus Brodden, Schneidemühl, Westpreußen. Heute polnisch Brodnica. Hier hatte man versucht zu leben und sich einzurichten. Dann kam der Krieg. Mit Chauvinismus und Propaganda.

Mein Bruder, der sein Abitur ein Jahr früher als ich bewältigt hatte, war wie ich 15 Monate in Staatsdiensten bei der Bundeswehr. Verschiedenste Eignungstests hatten ihn für die Tätigkeit als Radarflugmelder erkoren, welcher er in Owschlag, einem Ort nördlich von Rendsburg und 13 km südlich von Schleswig, nachging.

Am tunesischen Strand trugen mein Bruder und ich die von Mutti selbstgenähten Bademäntel aus blauem Frottee. Die Borten rot und orange, zur Unterscheidung der Strandkleidung. Es wurden Fotos gemacht von uns Geschwistern. Schon seinerzeit war ich fünf Zentimeter länger gewachsen als mein älterer Bruder. Mit den Fotos wurden Kalender angefertigt für die Großmütter.

Unsere Großeltern väterlicherseits hatten sich nach ihrer Flucht in einer Mietwohnung in Neumünster, Hansaring, eingerichtet. Charlotte und Willy hatten fünf Kinder, und gerne Besuch. Mit den Gästen wurde Karten gespielt, erzählt und gezecht. Kaffee, Bier und Schnaps gehörten zur Gastfreundschaft. Man sprach dankbar und erfreut vom "Café Ferch."

(Willy und Charlotte Ferch,

1977 in Wasbek)

Das Haus des Cousins unserer Mutter, des Imkers in Hammamet, hatte quadratische Form, um der hier erhitzenden Sonne möglichst wenig Angriffsfläche zu bieten. Dazu war es weiß gestrichen, so dass im Innern eine angenehme Kühle herrschte. Hier fanden unsere Eltern in einem Gästezimmer Unterkunft, während mein Bruder und ich draußen in einem Zweimannzelt campierten. Man hatte Sportgerät im Gepäck, welches dann auch zum Einsatz kommen sollte. Beim Federballspiel einigte man sich darauf, dass es nicht darum ginge, sein Gegenüber zu besiegen, sondern vielmehr darum, einen Ballwechsel möglichst langanhaltend zu gestalten. Als Sprösslinge von Mathematikern zählten wir wie selbstverständlich unsere Schläge. Der Rekord lag bei ungefähr hundertvierzig... -

„Wo is de Willy?", hörte man Leute oft fragen. „ De is in'n Kohl gange, Hacke vollscheiten."

(Er ist ins Kohlfeld gegangen, seine Hacken vollzuscheißen.")

Willy Ferch, geboren 1898 in Westpreussen, hatte sein Erbe als ältester Sohn abgelehnt. Eduard Ferch, der Zweitgeborene, sollte das Erbe übernehmen: Ein Gut mit Bauernhof. In Brodniza. Brodden, Westpreußen. -

Großvater Willy war sich zu fein, sich die Hände zu besudeln mit Kuhmist, so machte er in Elektrizität. In einem Betrieb ebenso wie an einer Universität reussierte er mit einem Diplom. Dipl. Ing., Dipl. grad. -

Unser Großvater Willy!

Die Mutter war in Lüben, Schlesien geboren. Heute polnisch Lubin. Ihr Vater war begeisterter Automechaniker, er hatte seinen Meister gemacht, und hatte versucht, mit seinem Bruder ein Fuhrunternehmen aufzubauen. Dann hatten die zwei sich zerstritten. Mutter kannte ihren Vater nur noch schemenhaft, er war verstorben, als sie gerade einmal sechs Lenze zählte. In ihrer Erinnerung kam er meist als strafender, prügelnder Vater vor. Sie hatte schon als kleines Mädchen ihren später sprichwörtlichen Dickkopf entwickelt.

Sie hießen Raszke.

„Wo is de Willy?" - „Der ist ins Dorf gegangen, Spaß machen." - Der Ingenieur konnte sich schon so Einiges erlauben, denn den Leuten waren seine Talente und Leistungen bekannt, so konnte er so manche Zote oder bösartige Witze zum Besten geben.

Im Januar 1945 fuhren Autos mit Lautsprechern durch das Dorf Lubin. Es wurde ernst und laut. Die Weihnachtsbäume wurden starr vor Schreck. Lametta gab es damals nicht. „Packen Sie bitte ihre Sachen. Sie müssen fort. Aber nur das Nötigste. In ein paar Tagen können Sie wieder heim." Das war's. Die Kerzen wurden gelöscht.

Die Leit' hoam ihr' Hoimat nie wieder g'sehn.

Der Strandpartien am seichten Mittelmeer, dem Genuss des Honigs und des Mets aus der Eigenproduktion des Cousins von Muttern ein wenig überdrüssig, suchten die Gäste aus Schleswig-Holstein anderwärtig Zerstreuung und Amusement. Man entschloss sich für die Überquerung eines Salzsees, dem *Schott el Djerid* im Norden Tunesiens. Da sie auf einer schmalen befestigten Piste durch die Mitte des Sees stattzufinden hatte - auf dem Salzsee selbst wäre man versunken - war ein einheimischer Führer vonnöten, welcher sogleich freudig am Steuer des zitronengelben Golfs Platz nahm. Es war spürbar, dass er kein eigenes Automobil besaß, und so genoss er den für damalige Verhältnisse kräftigen Motor des Volkswagens. Das Gaspedal war ihm fast wichtiger und lieber als das Lenkrad... -

Karl May beschreibt im ersten Band seines Abenteuerromans *'Harem'* (später *'Durch die Wüste'*) des Orientzyklus *'Im Schatten des Padishah'* eindringlich die Gefahren beim Durchqueren des *Schott el Djerid* in Tunesien.

Für den Sommerurlaub in Südfrankreich am Atlantik wurde der Passat Variant vollgeladen mit Konserven von ALDI, Schlafsäcken, Zelten und einem Gaskocher, welcher im Kofferraum als Abgrenzung diente des knapp bemessenen Platzes für den Familienhund Arras, einen rehbraunen Boxer.

23

Mein Bruder und ich verlebten die 18-stündige Reise komfortabel auf der Rückbank auf Schlafsäcken. Diese fanden zwar nirgendwo sonst Platz, doch sie erhöhten unsere Sitzposition und polsterten unsere Gesäße. Zum Zeitvertreib gab es einen Kassettenrekorder, und zu jeder Reise durften wir uns je eine Hörspielkassette aussuchen. Räuber Hotzenplotz, die kleine Hexe, die drei Fragezeichen, Titanic usw. sorgten für Kurzweil auf der nicht Enden wollenden Autobahnfahrt nach Südfrankreich. In Belgien war die Autobahn auch nachts hell erleuchtet. Ein gelbliches Weiß sorgte hier für die Sicherheit der eiligen Autoreisenden.

Soweit ich mich erinnere, hatte ich vier Väter: Einen leiblichen, boshaft auch „Erzeuger" genannt. Dieser Ausdruck war eine gewisse Zeit in Mode, um nicht hässlichere Ausdrücke zu wählen. Er maß einen Meter siebzig, war also ganze vierzehn Zentimeter kürzer als ich gewachsen, Und dass ich ihn im Alter von 16 oder 17 Jahren in der Ballkunst des Tennisspielens bezwang, erinnert er nicht mehr. Gut für ihn, schlecht für mich. Immerhin war sein Plan aufgegangen, die Familie nach gelungener finanzieller Absicherung im Tennisclub der Kleinstadt zu integrieren. -

Bei den Knaben (Jugendklasse des männlichen Nach-
wuchses, 14 und 15 Lenze zählend) sowie im Herren –
Doppel war ich zweimal Clubmeister. Meine Pokale stehen
hier auf dem weißen Bücherregal. Gleich neben einer
Gipsbüste von Friedrich Nietzsche und einem Foto von Klaus
Kinski. -

Meinen zweiten Vater gewann ich an der Freien Universität
Berlin: In meinem Hauptfach Linguistik überschnitten sich
unsere Interessen und Arbeitsschwerpunkte: Kommunikation, Kommunikationstheorie und Kommunikationskon-
flikte. Zunächst in einem Proseminar, dann in einer Vor-
lesung über Sprache und Kommunikation kreuzten sich
unsere Wege. Nicht expliziert, dennoch unverhohlen spürbar seine wissenschaftliche Herkunft: Er war von Hause aus
Psychologe, mit einer Mathematikerin verheiratet. Dann hatte
ihn sein Weg weiter geführt in die Sprachwissenschaft.
Dieses ist nur folgerichtig, genauso wie für Juristen, denn die
Werkzeuge der Psychologen funktionieren ebenso wie die der
Juristen eben über Sprache. Über Bedeutungen, Begriffe und
Kommunikation. -
In Übereinstimmung dieser Erkenntnis wählte ich ihn zu
meinem Doktorvater. –

Prof. Dr. Helmut Richter verstarb am 12. Januar 2012. Im Tagesspiegel fanden sich folgende Traueranzeigen:

Prof. Dr.

Helmut Richter

10.2.1935 – 13.01.2012

„Mit Helmut Richter verlieren wir einen geschätzten und unserem Institut freundschaftlich verbundenen Kollegen, der die Kommunikationsforschung in Deutschland über viele Jahrzehnte entscheidend mitgeprägt hat. Von Berlin aus hat er den Aufbau und die Entwicklung der Essener Kommunikationsforschung stets gefördert und unterstützt. Sein sicheres Urteil, seine brillanten Beiträge und der ihm eigene Humor werden uns und der Wissenschaft sehr fehlen. "

Professoren und Mitarbeiter des Instituts für Kommunikationswissenschaft der Universität Duisburg-Essen.

Lehrkräfte, Studierende und Mitarbeiter des Instituts für Deutsche

und

Niederländische Philologie der Freien Universität Berlin trauern

um Herrn

Prof. Dr.

Helmut Richter

10.2.1935 – 13.01.2012

„Nach seinem Studium der Psychologie und Sprachpsychologie an der Humboldt-Universität zu Berlin, der Promotion im Bereich Phonetik an der Universität Saarbrücken und einigen Jahren als wissenschaftlicher Assistent an den Universitäten Münster und Bonn wurde er 1977 zum Professor der Linguistik an dem damaligen Fachbereich Germanistik der FU berufen. Seine Mitarbeit am Bonner Institut für Kommunikationsforschung und Phonetik und sein Studium bei Vertretern der Berliner Schule der Gestaltpsychologie prägten seine Forschung und seine Lehre nachhaltig. Bis zum Eintritt in den Ruhestand lehrte er das Fachgebiet Linguistik in ungewöhnlich umfassender interdisziplinärer Breite.

Viele ehemalige Studierende, Doktoranden und Habilitanden erinnern sich dankbar an einen ungewöhnlich enga-

gierten und inspirierenden akademischen Lehrer, der mit Geduld, Neugier und enormer intellektueller Differenziertheit, zugleich menschlicher Großzügigkeit viele zum eigenständigen Denken motiviert hat. "

Institut für Deutsche und Niederländische Philologie
Freie Universität Berlin

Mein dritter Vater, Hermann Gundlach, war – nach der Scheidung von meinem 'Erzeuger' und Horst M, einem Waldorflehrerseminarlehrer – der dritte Lebensgefährte meiner Mutter. Als ich ihn kennenlernte, konnte er noch gut laufen und sprechen. Er litt nämlich unter Parkinson. Sein Ende war ebenso vorhersehbar wie bitter: Im Rollstuhl sitzend, sprach er nicht mehr, musste gefüttert werden, und der Speichel rann ihm aus dem Munde. Seine letzten Wochen wurde er zusätzlich gepflegt von einem Flüchtling aus Syrien, den meine Stiefschwester Nicole, seine Tochter, beim Freizeitvolleyball aufgegabelt hatte. Gundlach und seine Tochter Nicole waren Biologen und Atheisten. Eine interessante Bereicherung für die Mathematiker- und Sportlerfamilie Ferch. Nicole versuchte wiederholt, mich zum Volleyball mitzuschleppen, was ich ein ums andere Mal ablehnte. Endlich konnte sie mich zum Sport überreden: Wir spielten Tischtennis im Carport meiner Mutter. Nachdem ich mich meines Jacketts entledigt hatte, erklärte ich ihr, dass meine beiden Eltern Sportlehrer waren, und ich mit sechs Lenzen schon auf Skiern gestanden hatte, neben dem Tennisspielen. Dass in unserer Familie die Üblichkeit bestand, leistungsorientiert Sport zu treiben, und alles aus sich rauszuholen. Das war der Biologin Nicole völlig fremd. Sie betrieb Sport um der Bewegung und des Spaßes wegen.

Bei Mutti im Carport stand eine Tischtennisplatte, so dass Nicole mich dann doch zu einer kurzen sportlichen Aktivität überreden konnte.

Die kleinen Holzbrettchen mit Gummibelag gezückt, und wir konnten beginnen.

„Los geht's. Gib' alles!", spornte ich Nicole an. Das tat sie dann auch, die 1978 geborene Tochter Hermann Gundlachs. Ein ums andere Mal haute sie mir den kleinen Kunststoffball um die Ohren.

„Scheiße!", fluchte ich beim Ball holen, und streckte ihr den Daumen anerkennend über die grüne Platte.

Hermann Gundlach verstarb am 3. Mai 2018. Nicole umsäumte den Toten mit gelben Rosen. Der Syrer machte ein Foto. Ich wollte es nicht haben.

Zwei Monate nach der Urnenbeisetzung konnte ich einen Nachruf verfassen.

„Mensch, Gundlach!

So bist Du nun heimgegangen, und keiner weiß, wohin. Vielleicht weißt Du es selber nicht, doch ich vermute, dass Du Dich heimatlich und wohl gefühlt hast in Deiner Holzwerkstatt und draußen in der Natur. Von Dir durfte ich auf Spaziergängen lernen, dass es neben Adler, Bussard und Falke noch einen anderen Raubvogel gibt, nämlich die Weihe. Das hat natürlich nichts mit Weihrauch oder Jugendweihe zu tun, doch hättest Du an meinem kleinen sprachlichen Witz, der mir gerade mal so einfiel, sicher Deine Freude gehabt. -

Die Willkommens- und die Abschiedspizza, die wir gemeinsam verspeisten, wenn ich aus Berlin angereist kam oder wieder das Weite in Richtung Hauptstadt suchte, sind mir in guter und herzlicher Erinnerung. -

Mensch, Gundlach: Pfeife Dein Lied, das Lied der Freiheit. Es verstehen nicht alle, so musst Du es leise pfeifen. -

Du bist ein Vater der anderen Art, der mich nicht als Jugendlicher erleben musste, und trotzdem war ich manchmal frech zu Dir. Nimm' es mir nicht übel, bitte. Nun bist Du fort, doch wenn ich rufe, bist Du da. Danke!" (25. Juli 2018)

Kurzweil auf der Autoreise. Kassetten. Hörspielkassetten. Zur Unterhaltung im Fond des VW Passat Variants. Auf einer der letzten Reisen wählte ich eine Musikasette. The Police: Ghost in the machine. Der erste Song: „Too much information put into my brain." Sehr prophetisch. Man schaue sich heutzutage einmal um.

Mein Bruder hat in Kiel studiert, wie Nicole. Aber Mathematik, nicht Biologie, Nebenfach Informatik. Christian Albrecht Universität zu Kiel. Unterkunft fand er wie Nicole im Holtenauer Weg, wo viele Studenten wohnten. Am Wochenende zurück zu Vater ins Elternhaus in der 10.000 – Einwohner - Stadt. Vater war dann nicht allein, und im Keller stand neben dem Heizungskeller eine gut gefüllte Tiefkühltruhe. Ihr Lieblingsessen war Cevapcici. -

Professor Helmut Richter war ziemlich klein gewachsen, seine ergrauten Haare waren nach vorn gekämmt, und unter seinem grauen Anzug entdeckte man unter seinem weit aufgeknöpften Hemd eine dicke Goldkette und - hoppla - Cowboystiefel. Sehr sympatisch!

Die Fahrt zu dem Urlaubsort in Südfrankreich gestaltete sich zeitaufwändig: Über Autobahnen in Deutschland, Belgien und Frankreich saß man fast 20 Stunden im Auto, um 18 Hundert Kilometer zu überwinden. Die Eltern wechselten sich am Steuer ab. Angekommen, wurde ausgepackt: Die Zelte aufgebaut, ein Windfang als eine kleine Revierbegrenzung um die Zelte gestellt, und die Konserven geordnet. Ravioli, Königsberger Klopse und andere Köstlichkeiten aus der Dose sollten die Familie gut vier Wochen lang ernähren.

Mein vierter Vater ist Dieter Flader (Prof. Dr.). Nach dem Ableben von Helmut Richter übernahm er 2012 die Betreuung meiner Doktorarbeit.
Einmal hatte ich Hirnsausen. Ein Gedicht verklebte meine Hirnwindungen. Ich teilte ihm das mit. Er ermunterte mich, als ich ihm davon berichtete: „Ja, schreiben Sie, schreiben Sie!"

Unter dem Tisch

Unter dem Tisch
Da liegt 'ne Dose Fisch,
Sie spricht nicht mit mir,
Und auch nicht zu Dir, Sie
ist nicht mehr frisch.

Unter dem Tisch Wär' viel
zu erfahren Vom Geiste,
dem baren, Der Kunst,
wunderbaren, Der
Weisheit, der klaren Doch
niemand hört zu, Nicht
einmal Du.

Am Fenstersims mein Drachenbaum,
Und siehe da, man glaubt es kaum:
Er wirkt so inspirierend,
Schon auch mal insistierend.
Er stimmt mir zu, ganz schweigend,
Ich hör' ihm zu, mal leidend,
Mal glücklich in Gedanken... .-
Dafür gibt's keinen Franken.

Unter dem Tisch

Da tummeln sich die Emotionen,

Sollt' ich die Welt verschonen Mit

der Persönlichkeit?

Am Ende gibt's noch Streit

In uns'rer kargen Zeit.

Unter dem Tisch

Da liegt der Max Frisch.

Er ist nicht besoffen,

Nur einmal betroffen

Von Identität Nun

ist's zu spät. Jetzt

ist er tot.

Ich hab' meine Not.

CF. 10.02.2018; Prof. Dr. Dieter Flader zugeeignet.

Großvater Willy hatte es in Neumünster, Schleswig-Holstein, mit einem kleinen Elektrogeschäft versucht. Radios, Bügeleisen, Ventilatoren und weitere elektronische Neuigkeiten waren im Angebot. Das Wirtschaftswunder wollte sich dennoch nicht einstellen. So half Großmutter Charlotte, die Familie und das Café über die Jahre zu bringen mit ihrer

Tätigkeit als Kassiererin in einem Kaufhaus. Wenn ihr jüngster Sohn immer wieder eigensinnige und kreative Allüren an den Tag legte, sprach sie liebevoll von ihrem Hansi, dem "verrückten Heftl".

Am Atlantik mied man den überfüllten Hauptstrand. Dazu war eine ziemlich lange Wanderung geboten, welche mit der Durchquerung eines Süßwasserflusses, der ins Meer mündete, begann, um dann nach einigen weiteren Kilometern in menschenleere Einöde zu gelangen. Hier konnte man unbehelligt eine Sandburg bauen, Sonnensegel errichten und der Freikörperkultur frönen. Einmal die Düne hinauf, und es eröffnete sich die Sicht auf den besagten Fluss, welcher hier noch schmaler seinen Weg sich bahnte. Einmal die Düne hinab, und man konnte mit einigem Schwung in das um Einiges wärmere Nass tauchen, das Salzwasser vom Körper spülen.

Die Flucht 1945 war abenteuerlich und gefährlich: Großmutter Charlotte hatte immerhin fünf Kinder mit auf die Reise zu nehmen, dessen Jüngstes als Kleinkind im Kinderwagen besonderer Aufmerksamkeit und Fürsorge bedurfte. Vater war gerade einmal fünf. Die Fahrt mit der Eisenbahn war keine Erholungsreise, und bei Fliegeralarm hielt der Zug an. Alle mussten aussteigen, und sich in einem kleinen Waldstück in Sicherheit bringen. Nach einer halben Stunde Zittern im Wald ging die Fahrt weiter.

Andere hatten ihren Weg über die zugefrorene Ostsee genommen, doch das Eis war mit der Zeit geschmolzen, und sie waren jämmerlich ertrunken.

Am Ende der Zugstrecke warteten Droschken auf die Neuankömmlinge. So konnte die Reise weiter gehen über Hamburg bis nach Schleswig-Holstein. Auch wenn dies keine Wahlheimat war, vielleicht konnte man hier sich einigermaßen einrichten und ein wenig Glück erhaschen. Überlebt hatte man ja schon.

Beim Aufbau der Zelte hatte man Schatten gesucht. Den Schatten der etwa fünfzehn bis zwanzig Meter großen Pinien, einer Kiefernart, welche hauptsächlich in Südfrankreich wächst. Eine kleinere Ausgabe dieses Baumes ist in Brandenburg zu finden. Hier nennt man sie die »märkische Kiefer«.

Mutter hatte im Januar 1945 mit ihrer Mutter das Dorf Lubin in Schlesien verlassen in einem Kleinbus in Richtung Sachsen. Ein Jahr hatten sie dort verweilt, und es war für die Familie ein Vorteil, das kleine, dreijährige Mädchen bei sich zu haben, denn so konnte man sich der fürsorglichen Gastfreundschaft der Einheimischen einmal mehr glücklich schätzen.

Was hauptsächlich blieb in der Erinnerung der Mutter, als sie Kind war, ist ein traumatisches Erlebnis Anfang 1945. Flucht, Furcht und Traumata. Eine Kindheit wurde ihr verwehrt.

Lina Raschke,
03.11.1902 – 23.10.1979

In den 70'er Jahren war es der Familie recht wohl ergangen: Die beiden Söhne waren gerade eingeschult worden (am 2. September 1972), so dass sie - zumindest vormittags - zu

Hause nicht die Nervensägen spielen konnten. Die Mitgliedschaft im Tennisclub war für die damals noch als vornehm geltende Sportart erschwinglich, die Gelenke wur den durch Sandplätze geschont, und sonntags spielte man traditionell am frühen Vormittag Familiendoppel. Mein Bruder mit Vater, ich mit Mutter.

Lichter am Himmel. Keine Sterne. Fliegerangriffe mit Bomben. Scharfe Munition.

Der Tennisclub lag am Rande der kleinen Stadt, und beim Betreten des Clubgeländes kam man zunächst eine Treppe herunter, nach deren Beschreiten sich der Blick auf eine kleine Rasenfläche und drei Courts öffnete. Unten angekommen, manchmal aber schon auf der Treppe, hatte man verschiedene Mitglieder des Clubs zu begrüßen, darunter manchmal auch einige etwa gleichaltrige junge Fräuleins, die man auch von der Schule her kannte. Mit ihnen gab es nette Begegnungen, teilweise auch Bekanntschaften: So konnte man sich zu einer Stunde Tennis verabreden, über dieses und jenes plaudern, um im Falle einer weiter gehenden Sympathie bei einem Getränk im Clubhaus oder weiteren Zusammentreffen auch ein wenig miteinander zu flirten.

Großmutter Lina zeigt ihrer Tochter später Lichter von Flugzeugen am Himmel mit der Absicht, ihre Tochter auf etwas Faszinierendes und Schönes aufmerksam zu machen, ihr eine Freude zu bereiten. Das Geschenk misslingt. Lina war das Trauma ihrer Tochter durch die Fliegerangriffe entgangen. Oder sie hatte die Lebensbedrohlichkeit des Kriegserlebnisses verdrängt.

Da unsere Eltern Sport studiert hatten, legten sie die für Leistungssport gebotene Härte an den Tag... -

Was ist eine gute Mutter?
Ist es ihr gegeben, ihre Kinder zu verstehen?

Meine Mutter hatte sich weggeduckt, hatte geweint, und Angst bekommen bei den Lichtern am Himmel. Dabei wollte ihre Mutter Lina ihr nur eine Freude machen.

Frei von den Fesseln der in Schleswig-Holstein verwurzelten Einheimischen, glänzten unsere Eltern durch sportliche Leistungen, Bildung und kritisch angehauchten Freigeist.

Seinerzeit spielte man noch mit Holzschlägern Tennis. Dunlop und Donnay waren die gängigen Hersteller. Für uns Jugendliche wurden die Schläger kürzer gesägt. Kinderschläger gab es nicht. Die Gattin des Steuerberaters übernahm das frei organisierte Jugendtraining.

Nach der Scheidung unserer Eltern wurde der familiäre Kreis - zumindest durch Muttern - erweitert durch neue Lebensgefährten: Ein Waldorflehrer, welcher selbst Lehrer ausbildete, zog zu meiner Mutter nach Blunk. In dem kleinen Gästezimmer gen Osten rauchte er heimlich, und trank eine Flasche Guiness.

Ich saß auf der Terrasse neben der Schiebetür mit rotem Holzrahmen und dem Efeu, welcher die Träger des Vordaches hoch rangte, als ich Schritte hörte.

„Darf ich mich zu Ihnen setzen?"

„Aber gerne! Plaudern wir ein wenig."

J. W. von Goethe, Rudolf Steiner und Waldorfschulen fanden Sympathie bei mir. Bei Beiden.

„Ich kann meinen Namen tanzen!"

Lustig oder nicht?

Jahre später fand man sich eines Abends zusammen zu einem gemütlichen Stelldichein an einem kleinen Feuer im

Garten von Christophs Mutter. Anwesend: Mutter und Sohn, Hermann Gundlach sowie seine Tochter Nicole. Man parlierte offen über Politik, Gesellschaft und friedensstiftendes Handeln. Nicole, deren unverhohlenes faible in der Teilnahme an Demonstrationen für Frieden und nachhaltige ökologische Lebensführung bestand, konnte andererseits schon einmal mächtig austeilen und zuschlagen. Verbal zumindest. -

Christoph indessen, angereist aus Berlin und bei seiner Mutter zu Gast, hatte gerade ein Buch vollendet und veröffentlicht: "Kalina oder die Liebe zum Leben" (2013 - 2017). Um seine Person ein wenig in die Plaudereien am Feuer einzubringen, macht er den Vorschlag, ein, zwei Sätze aus seinem frisch entstandenen Werk vorzutragen, welche zu Stimmung und Gedanken der Anwesenden passen könnten.

Christoph wendet sich nach rechts, und fragt Nicole: "Darf ich etwas vorlesen?" - "NEIN!", wettert sie. Christoph schüttelt seine rechte Faust gegen Nicole und den Himmel, eine Geste, welche er vor Jahrzehnten gegen seinen Sohn angewandt hatte, einfach, um ohne Schreien oder gar Schlagen seinem Unmut Ausdruck zu verleihen.

Alle lachen herzhaft.

Christoph lächelt.

Bügeln kann nicht jeder.

Jedoch platt sein.

Schweigen oder sprechen, eigentlich ganz gewöhnlich in Schleswig-Holstein.

Eine Zeitreise.

Der Kalender hat dreißig Jahre notiert.

Die Gefühle bleiben nahezu gleich.

Besser gesagt: Sie wiederholen sich.

Einzig Darsteller und Bühne sind ausgetauscht, scheinen neu.

Eine Reise nach Berlin.

Nicht nach Prachtstraßen gelüstet es Christoph, sondern nach Selbstfindung und interessanten Menschen, Persönlichkeiten.

Manche Menschen sind Magneten. Durch Charakter, Zivilcourage und Standhaftigkeit. Sie plappern nicht, sie reden nicht, sie sprechen.

Dreihundert Kilometer aus Schleswig - Holstein nach Berlin. Intershop auf der Transitstrecke, eine Stange Gauloises Blondes, Toblerone sowie eine Thermoskanne Kaffee. Dann die Panzerplatten der Autobahn. Passkontrolle, Wartezeit.

Lange Zeit waren Gauloises für ihren dunklen, starken Tabak bekannt. Zudem wurde die Stärke des Rauchs durch das Maispapier, mit dem die Zigaretten gedreht waren, nochmals intensiviert. So wurden Gauloises gelegentlich als „unrauchbar" bezeichnet.

Nach der abschließenden Passkontrolle rollte man in Spandau ein, einem Vorort von Berlin. Eine weite Fahrt bis zum Ernst-Reuter-Platz mit der Technischen Universität, rechts die Hardenberg herunter, an der HdK und dem Steinplatz mit Filmbühne, einem riesengroßen Café, vorbei, und - schwuppdiwupp - war man am Bahnhof Zoo. -

Der Springbrunnen am Ernst-Reuter-Platz war nicht immer in Betrieb. Geldmangel der Stadt Berlin. Von der Bismarckstraße aus konnte man über diesen hinaus in der Ferne die 'Goldelse' (Siegessäule) blinken sehen.

Gauloises blondes: Liberté toujours. Ein wenig trocken schon, "Die Blauen". Jedoch mal etwas Anderes, als Camel, Marlboro oder Lucky Strike. Der Honda Civic macht es noch eine gute Weile. Sehnsucht erwacht. Der kleine PKW erfüllt Christophens Träume nach Weite, Reisen und Freiheit. Sehnsucht wird erfüllt.

„Man reist nicht nur, um anzukommen,

sondern vor allem, um unterwegs zu sein."

[Johann Wolfgang von Goethe (1749 – 1854)]

Das Autofahren in der Großstadt ist flott. Frequente Spurwechsel sowie rechtzeitiges Einordnen auf die Abbiegerspur lasten seine Nerven angenehm aus.

"Weißt Du denn, was Du einmal machen möchtest?", fragt Iris Christoph ehrlich und einfühlsam. "Nö.", antwortet Christoph. "Bisher habe ich immer das gemacht, was ich - von Hause aus - am besten konnte. Mathematik, Sport, daneben ein wenig Physik. Sport hat mir am meisten gefallen, da konnte ich mich schön austoben. Was machst Du denn so hier?" -
"Ich studiere Germanistik an der Freien Universität."
"Oh, das klingt interessant. Doch muss ich nun los. Ein anderes Mal erzähle mir bitte mehr, okay?"
"Ja, gerne. Gute Reise Dir."
"Danke."

Tennis, Mathematik und Sport waren Christoph vertraut, hier fühlte er sich sicher. Ob er sich auch wohl fühlte, weiß niemand. Unsichere Ausflüge in Ästhetik; Literatur und Sprache hatte er gewagt und unternommen. Es hatte ihm gefallen. Dann zurück nach Schleswig-Holstein. Logik, Mathematik, Naturwissenschaften.

Die Gneisenaustraße, welche nach Kreuzberg führte, war großzügig angelegt: In beiden Fahrtrichtungen zweispurig, der Mittelstreifen mit Bäumen, Gras und kleinen Büschen bepflanzt. Nach der Unterquerung der Yorck-Brücken eine Rechtskurve, dann die großzügig angelegte Alle. Bis zum Südstern war es weit. Die riesige Kirche überstrahlte fast alles. Auch eine kleine Nebenstraße gegenüber einem Friedhof.

Nun gut. Vielleicht erst einmal ein Ingenieurstudium in Angriff nehmen. Technische Universität Berlin am Ernst-Reuter-Platz. Das passte wie geschmiert zu seinem bisherigen Lebenslauf. Mathe, Physik, dann bei der Bundeswehr an LKW's geschraubt. Unimog und M.A.N. 10 t mil. gl. waren die leistungsstärksten Fahrzeuge, daher Christoph faszinierende Favoriten. Der Zehntonner hatte vorn zwei lenkbare Achsen, ca. 10.000 ccm Hubraum und einen Drehmomentwandler als Getriebe.

Am 4. Dezember 1975 unterschrieb die Bundeswehr mit MAN den Serienvertrag über die Lieferung von den nun nochmals in zwei Kategorien unterteilten militärischen Sonderentwicklungen. So erfolgte am 29. November 1976 die Auslieferung des ersten Kategorie I-MAN, des **10 t mil gl.**

Nach kurzer Orientierung wird Christoph fündig: Vom Süd-stern in Richtung Süden gerät man in die Lilienthalstraße. Gegenüber eine Friedhofsmauer.

Die MAN-Serie, eingeführt unter der Bezeichnung mil gl (für militarisiert geländegängig), befindet sich in allen Teilstreitkräften der Bundeswehr im Einsatz.

Den neu angekommenen Soldaten wurde eine Auszeit gegönnt: Die Fahrschule. Es ging einzig darum, die instandgesetzten Fahrzeuge, LKW, eine kleine Runde um die Werkstatt Probe zu fahren. So kam auch Christoph in den Genuss, die Kraft und Wucht des M.A.N. 10t mil.gl. einmal unter seinem Hintern zu spüren.

Nachdem er der Hausnummer fündig geworden war, stieg er die ärmlich anmutenden Holztreppen mit abgeplatzter Farbe hinauf. Er klingelte. Nach einer halben Minute wurde geöffnet. Da stand sie vor ihm: Iris.

47

Die Aufgabe, den Pausenkaffee für die Kameraden zu bereiten, fiel Christoph zu. Die Vorgesetzten hatten bemerkt, dass er ohne langes Zaudern oder Portionieren mit einem Löffel imstande war, die richtige Menge Pulver in den Filter der Maschine zu schütten.

"Spielen Sie noch eine Runde Skat mit, Gefreiter Fuchs?" - "Nein, danke. Ich gehe lieber mit meinem Pausenbrot in die Sonne. Verzeihen Sie bitte."

Nach der Linkskurve hinter den Yorckbrücken gelangte man über die Gneisenaustraße zum Südstern. Hier stand eine riesige Kirche, und in einem der nahegelegenen Cafès fanden von Studenten organisierte Informationsveranstaltungen für Erstsemester statt. Erstsemester an der Freien Universität selbstverständlich. Hinter dem Südstern die Hasenheide, Richtung Süden eine kleine Straße. Die Lilienthalstraße. Frühstück mit Sauerkirschmarmelade.

Im Hintergrund liegt jemand hinter einem Duschvorhang auf einer Matratze.

Einladung in eine Discothek, in der Iris als Gardobiere arbeitete.

Christophs erster Trenchcoat aus der "Garage", second hand.
Beim Frühstück liegt ein zahnloser Freund aus Hamburg im
Bett.... -

Die Einladung war angekommen. Unverdrossen und neu-
gierig steuerte Christoph sein Gefährt zum Richard-
Wagner-Platz. Hell erleuchtet und einladend der Eingang zu
einer großen Discothek. Weiß und Mischfarben: Türkis und
weinrot. Drinnen eine riesige Tanzfläche. Gute Musik. Sitz-
gelegenheiten, teure Getränke. Licht und Schatten. Im
Abseits an der Wand konnte man hervorragend das Treiben
beobachten. Halb beteiligt.

Du allein stehst seit ' ner Stunde
Unbeteiligt an der Wand.
Komm, mein Herz, ich schmeiß' 'ne Runde,
Wir verjubeln den Verstand!

Ein angenehmer Abend. Locker und verwirrend.
Welcome to Berlin, Richard-Wagner-Platz!

Nach dem Discobesuch eine unruhige Nacht.
In seinem Kopf läuft ein Film ab.
"Christoph, Christoph, bleib' doch hier.

Oder komme baldigst wieder.

Wir lieben und wir brauchen Dich!"

Keine Antwort.

Das Geräusch einer zuschlagenden Autotür.

Eine Transitautobahn mit Intershop und Passkotrolle. Panzerplatten fordern die Federn und Stoßdämpfer seines Gefährts zu Höchstleistungen.

Eine gemächliche Reise mit hundert Stundenkilometern Geschwindigkeit. Links und rechts huschen blühende Landschaften vorbei, noch unerreichbar. Am Horizont ab und zu eine riesige Eiche oder ein Kirchturm eines entfernten Dorfes. Bei dieser Geschwindigkeit erledigen sich die Fahrkünste von allein.

Routine halt.

Kaffee aus der Thermoskanne, Toblerone und Zigaretten. Sonne. Selten hatte Christoph sich so wohl gefühlt.

Der Himmel ist nah. Mit Sternen und Sternchen.

Berlin.

Angekommen in seiner kleinen Wohnung im Süden Berlins, lässt Christoph den Reisekoffer unausgepackt auf dem kleinen Stuhl zurück. Er geht ins Bad, um seine Haare zu richten. Dann eine lange Straße entlang, den Marktplatz hinter sich lassend, vorbei an einem Dönerladen, vor einem indischen Restaurant, rechts in eine Nebenstraße. Geradezu ein italienisches Restaurant mit jungen Köchen und Kellnern, rechts daneben ein polnisches Café, abends Bar.

Christoph wanderte gern. Seinerzeit hatte er einen Leistungsmarsch bei der Bundeswehr langsam angehen lassen. Beim Pflichtgepäck im Rucksack waren zehn Kilo vorgeschrieben, und einige Kameraden hatten beim Abwiegen ein Auge zugedrückt. Auf den ersten Kilometern bewahrte Christoph seine Ruhe, und drehte im Gehen erst einmal eine Zigarette. Beim Endspurt auf den letzten Kilometern kamen die Soldaten ins Laufen. Ohne Befehl. Aus eigenem Antrieb und sportlichem Ehrgeiz. Zehnter Platz von Hundert. Kein schlechtes Resultat für einen Raucher.

Bei seinen regelmäßigen Besuchen in Schleswig - Holstein verabredete sich Christoph mit Vater und Bruder zum Skat in dem Elternhaus. Tata wurde ein Lächeln auf sein Gesicht gezaubert, seine beiden Söhne waren da. Er wurde nicht müde, seine Freude darüber zu betonen, dass sie so verschieden geraten waren. -

Dort der Garten. Hier hatten der große Bruder mit Christoph die Geburtstagsgäste mit sportlichen Spielen unterhalten. Kirschkernweitspucken, einmal ums Haus rennen, mal auch mit Handikap: Ein ausgedienter Autoreifen aus der Garage sollte neue Herausforderungen besorgen.

Nun waren beide Söhne zu Gast in ihrem Elternhaus.

Achtzehn.

Zwanzig.

Zwei, Null, vier. Gewohnheit

gibt Sicherheit. Karten und

Garten.

Christoph versucht einen Witz: „Was ist, wenn ich die Hose runterlasse?"- „Null – ouvert!"

Christophs älterer Bruder dachte gerne nach.

Lange.

Christoph war genervt und verzog das Gesicht.

Nach drei Stunden Kartenspiel Pause. Tiefkühlpizza. Selbst hier, bei der Zubereitung im Backofen, zeigten die Brüder ihr haarspalterisches Disputiertalent. Geboren Ende August. Dem Sternzeichen Jungfrau sagt man dieses Talent nach: Haare spalten mit der Rasierklinge. Einer muss ja recht haben.

Nach der Speise geht es weiter. Drei weitere Stunden Kartenkloppen stehen an. Christoph wischt sich den Schweiß von der Stirn.

Christophs Bruder redete nicht viel. Er dachte lieber angestrengt nach, kalkulierte bis ins kleinste Detail. Das Originellste, was der stumme Denker jeh von sich gab war eine Frotzelei gegen Vatern, sozusagen aus Notwehr: „So alt, wie Du aussiehst, wirst du gar nicht!"

Christoph blickt in den Garten. Am Rande des Grundstücks, kurz vor den zwei Fichtenreihen stand eine Trauerbirke, unter der Großmutter Charlotte bei ihren Besuchen immer gern gesessen hatte. Wollte sie damit etwas sagen? -

Nach einem knapp gewonnenem Spiel seines Bruders, ein wenig neidisch„ versuchte Christoph den Älteren zu foppen: „Mehr Glück als Verstand!" - „Geht gar nicht."

Sie war die Einzige, die Christophs Vater aus seiner Familie nach Wahlstedt einlud. Seine anderen Geschwister hatten 'den Kleinen' über die Maßen geärgert, hatten ihm wenig zugetraut. Nun war er Lehrer, verbeamtet, und hatte Haus und Garten. Oma Lotte war stolz und gerührt.

„Arme Leute zählen!" - Vater hatte gewonnen.

„Mit Zweien, Spiel drei, Schneider vier, gut gespielt fünf."
Seine leicht sadistische Art, in Augenblicken des Triumphs
fröhlich zu sein, hatte ihre Ursprünge und Gründe, über die
er nicht sprach. Einzig Charlotte hätte gelächelt, mit einer
weggedrückten Träne.

„Ich hör' was." Nach dem Kartengeben wurde gereizt, um
herauszufinden, wer das beste Spiel auf der Hand hatte, und
den Talon aufnehmen durfte.
„Ich seh' nichts."

Männer. Sprüche. Skat.

Mamusia ärgerte mich beizeiten gern. Sie, durch die ich in
die Welt der Bücher geraten war, gab sich alle Mühe, es der
Jugend gleichzutun. Wenn sich in einem unserer durchaus
frequenten Gesprächen eine gemeinsame Wissenslücke
auftat, sagte sie einfach: „Musste googeln!", und lachte.

*Männer der ersten Stunden waren die heutigen Zivilbe-
diensteten Karl-Otto Mielke und Ralf Baumann. Beide
waren über 20 Jahre in der Kompanie. Herr Mielke wurde
als StUffz vom VersBtl 186 übernommen. Herr Baumann*

kam als OGefr der Marine am 01.02.1973 in die Kompanie.
Die zivile Schreibkraft der Kompanie, Frau Marga Stäcker,
war seit dem 01.10.1973 auf ihrem Dienstposten eingesetzt.
Sie feierte am 01.10.1993 ihr 20-jähriges Jubiläum in der
Kompanie.

Erster noch aktiver Soldat der Kompanie ist der heutige
Schirrmeister Hauptfeldwebel Hans-Werner Nünke, *der*
ebenfalls einen Dienst seit dem 01.10.1973 in der Einheit
versah.

Was ich erst sehr spät erfuhr: Schon vor unserem Einzug in
das Einfamilienhaus in Wahlstedt am Buß- und Bettag 1971
hatte Mamusia in Ahrensburg, einem Vorort von Hamburg,
die Arbeit einer Sonderpädagogin verrichtet. Allein die
Ausbildung samt Universitätszeugnis fehlten. Es zählte halt
die Praxis seinerzeit.

Im Laufe der 21 Jahre als selbständige Brigadeeinheit der
*Panzerbrigade 18 – Holstein - hat die Kompanie bei **60***
Truppenübungsplatzaufenthalten *in Bergen Truppenteile*
der Brigade bei Tag und Nacht versorgt. Nicht selten

fuhren Transportsoldaten am späten Abend in weit entfernt liegende Depots um Ersatzteile für Kampffahrzeuge etc. zu besorgen, damit die Kampftruppe am frühen Morgen ihr Gerät einsatzbereit hatte. Während dieser Einsätze wurden in den frühen achtziger Jahren in den Teilversorgungspunkten bis zu 1,5 Mio. Liter Betriebsstoff umgeschlagen.

In der Neubausiedlung, deren Straßen mit den Bezeichnungen von Singvögeln benannt waren, hatten viele Lehrer ihr Heim gefunden. Bei uns am Wendehammer – seinerzeit auch 'teacher's corner' genannt – eine Kunstlehrerin, ihr Gatte Chirurg. Zu ihrem Haus führte eine lange Auffahrt, welche von einer Hecke umsäumt war.Viel Arbeit für den Gärtner. -

Zwei Häuser weiter der Bürgermeister, seine Gattin und zwei Söhne. Noch zwei Häuser weiter wiederum eine sehr lange Auffahrt zu dem Haus des Physik- und Chemielehrers der Realschule, dessen Gattin ihm einen Sohn und eine Tochter geschenkt hatte. In der Rechtskurve davor wohnte der Deutsch- und Geschichtslehrer. Mit Frau und zwei Söhnen.

Das war der Hammer.

Der Wende - Hammer.

In der Lorenzstraße, gleich hinter dem Inder und dem Italiener, lud ein polnisches Ehepaar aus Stettin zu verbindlichen Stunden mit wohlschmeckenden Getränken ein. Sie waren etwas jünger als ich, geboren 1970, also Hund.

Chinesisches Tierkreiszeichen.

Hund: Die Treue in Person, mit verführerischen Blicken.

Wie Kalina, geboren am 11.10.1982 eben in Stettin.

Auf dem Kanal hier nebenan fahren Lastkähne. Sie transportieren Holz, Schrott aus Metall oder anderes. Otto winkt ihnen zu, manchmal.... -

Christoph wartete immer gespannt, bis er die Aufschrift des Namens der ungefähr 70 Meter messenden Lastkähne ausmachen konnte. Ein ums andere Mal las er: „Szeszin". - "Au weia!.Wer soll das bloß alles aushalten?"

Tata war einst eingeladen. Auswahl für's Länderspiel U 21. Trainer Udo Lattek.

Im Südosten des pyramidischen Denkmals eine rote Bank. Hier hatte Christoph einst in Semesterferien Nietzsche gelesen. "Vom Nutzen und Nachteil der Historie für das Leben". Kein Geld für Urlaub. Nur ein paar Bücher sind da. Eckhardt Tolle schreit dazwischen.

Gott sei Dank zu spät. -

Tata war erschöpft vom vielen Trainieren. So kam er nicht zu Wort, um Herrn Lattek darzulegen, dass er, Hans-Jürgen Ferch, 1,70 m geraten, seine Gewohnheit verfolgte, das runde Leder 30 Meter vorzulegen, um dann den körperlich durchaus überlegenen englischen Verteidigern einfach davonzurennen. Die hatten einfach keine Chance.

Er hätte damals mitgemusst nach England.

Tata, geboren in Brodniza, Westpreußen.

Eine rote Holzbank ca. 25 Meter südöstlich des Ikarus auf der Pyramide zu Ehren Otto Lilienthals (1848 – 1896) unter Nadelbäumen war Christoph zu einer zweiten Heimat geworden. Hier konnte er an frischer Luft seinen Geist öffnen für die Überlegungen Friedrich Nietzsches zu Geschichte, menschlichen Erfahrungen, Rückblicken und Erinnerungen.

Tata war – beim Fussball – ein beidfüßiger Außenstürmer. Sehr erfolgreich. Nur einmal hat er einen Elfmeter versiebt.

Über die Latte.

Dumm gelaufen.

Nach einem Sieg der Mannschaft die obligatorische Kiste Bier in der Mannschaftskabine.

Gruppenzwang.

Normalerweise verstand Tata sich als Sportler, und trank keinen Alkohol.

Wieder dumm gelaufen, das verdammte Schicksal... -

Christophs Bruder war auch bei der Bundeswehr. 15 Monate hatten wir seinerzeit der Republik zu dienen. Er versah seinen Dienst als Radarflugmelder. Ein sauberer Job. In seinem Kabäuschen hatte er Radarfunkmeldungen von der Ostsee an seine Vorgesetzten weiterzuleiten. In Spiegelschrift auf eine Scheibe. Dies war ein Leichtes für ihn, denn abstraktes Denken liebte er von Kindesbeinen an. So manches Mal stellte er mir damit ein Bein, doch war ich der

Sportlichere, und konnte meinem Flug auf rechtem oder linken Bein eine Landung bereiten.

Könnte ja sein, dass die Russen uns über die Ostsee angreifen.

Aber was wollen die hier, in Schleswig-Holstein?

Sicher ist sicher.

Radar.

Wir hatten auch Frauen in der Familie. Wir halfen ihnen und sie uns. Versuch einer Gleichberechtigung. Bis es krachte. Irgendwann mal zwischendurch. Dann aber kräftig.

Irgendjemand musste immer übertreiben. Die erkämpften Freiräume über die Maßen auskosten. Mal sehen, wie weit man gehen konnte. Die Anderen waren schließlich tolerant. Verdammt tolerant. So waren wir erzogen.

Die Sylvesterabende verbrachte Christoph regelmäßig in seinem Elternhaus allein mit Tata. Keine falschen Hoffnungen, keine uneingelösten Versprechen. Fernsehen und Pizza, zwischendurch. Die Sylvestershow wurde live übertragen vom Brandenburger Tor.

„Schau mal, Vater, in der Stadt lebe ich seit dreißig Jahren!"

„Joah, möglich."

„Sag' mal, Vater, ist dir eigentlich klar, dass ich längere Zeit meines Lebens in Berlin verbracht habe als hier in Wahlstedt?"

„Joah, möglich."

Irgendwie beruhigend.

Ob eines Wasserschadens in seinem Einfamilienhaus wurde Tata umquartiert von Amts wegen. In ein Flüchtlingsheim im Birkenweg Ein kleines Zimmer nur, jedoch mit Platz für einen Schrank mit Vitrine für seine Erinnerungen. Fotos, Tennispokale und Anderes. Ein wenig finster und melancholisch, jedoch sehr menschlich.

Einst hatten sie beisammen am Feuer gestanden, hinten in Mutters Garten. Nicole, ihr Volleyballfreund aus Syrien, und Christoph. Christoph machte den Versuch, seine um zwölf Jahre jüngere Stiefschwester zu foppen:

„Dreh' dich mal um, dann kriegst du 'nen heißen Hintern!"

„Hab' ich schon."

Bei einem seiner Besuche machte Tata Christoph aufmerksam auf die wallende Oberweite einer Wäsche aufhängenden Nachbarsfrau aus dem Flüchtlingsheim.

Okay, dachte Christoph, der Alte ist noch der Alte.

Auf der Trauerfeier in einem kleinen Saal hinter der Kirche in Bornhöved saßen Hermann Gundlachs drei junge Töchter aus zweiter Ehe links vorn in der ersten Reihe. Er hatte von ihnen stets als 'Quell steter Freude' gesprochen. Nicole hatte – als älteste leibliche Tochter und aus der ersten Ehe Gundlachs - seine Holzurne mit dem Wort „Kuckuck" verziert. Mit einem Lötkolben. Eine Diashow und eine Rede ausgearbeitet.

Christophs Aufgabe am Abend der Vorbereitung der Trauerfeier war die eines Gesellschafters und Sekretärs. Mutters Trauerrede - nahezu zehn Seiten stark - war auf eine Festplatte zu bannen, und Nicole genoss seine Gegenwart zwecks kreativen Gestaltens der Diashow und ihrer persönlichen Trauerrede über ihren einst so geschmähten Vater. Dieser hatte 'nur' einmal eine Ritterburg mit ihr aufgebaut, Ansonsten hätte er mit Abwesenheit geglänzt. - Die Fotos von Gundlach auf Nicole's Schreibtisch aus guten Zeiten durfte Christoph auf Anfrage ablichten.

Die Vorbereitungsarbeiten auf die Trauerfeier zogen sich unerwartet in die Länge. Kurz vor Mitternacht erst konnte man die fünfzehn Kilometer Heimweg antreten.

In Wahlstedt, einer Kleinstadt bei Bad Segeberg, hatten sein Bruder und Christoph die Grundschule besucht. Und den Konfirmandenunterricht. Ein kleines Heft dokumentierte die obligatorischen Gottesdienstbesuche der Konfirmanden. Am 17. Mai 1981 zog sich der Zug der feierlich gekleideten Jugendlichen den leicht ansteigenden Weg eine lange Kurve bis in die Kirche. Im Konfirmationsgottesdienst war eine kurze Lesung aus der heiligen Schrift vorgesehen. Die Wahl des Pastors fiel auf Christoph, da dieser schon im Konfirmandenunterricht mit nahezu einwandfreiem Vorlesen glänzen konnte. Das Rednerpult gewährte ihm einen guten Überblick über die Anwesenden in der Kirche. Den Text zurechtgelegt, dann 15 Sekunden Stille. Konzentration Und los!

Zweihundertfünfzig Meter hinter der Kirche das Grab der Großmutter Lina Raschke. Sie hatte ihre drei Töchter in Lüben, Schlesien, großgezogen. Oder Lubin? Oder Raszke?

-

Christoph, der wie in den Seminaren an der Universität gerne hinten Platz genommen hätte, wurde bei der Trauerfeier von seiner Schwägerin nach vorn zitiert. Zweite Reihe, Platz sechs, unnummeriert.

Rieke, Gundlachs Jüngste, hatte gerade ihr Abitur hinter sich gebracht in Bad Segeberg. Sie hatte vor, Politologie zu studieren. Immer wieder wurde Christophs Blick die drei Meter nach links vorn gezogen. Der Haufen verweinter Taschentücher unter ihrem Stuhl doppelt so groß wie seiner.

Respekt!

Respekt für Hermann Gundlach!

Die Disputation an der Freien Universität Berlin: Den Konferenzraum JK 31/122, Rostlaube, hatte er gebucht bei Frau Jule Winner, einer Sekretärin. Termin. 17. Juli 2015.

Noch kurz eine Zigarette im Innenhof, dann konnte es losgehen.

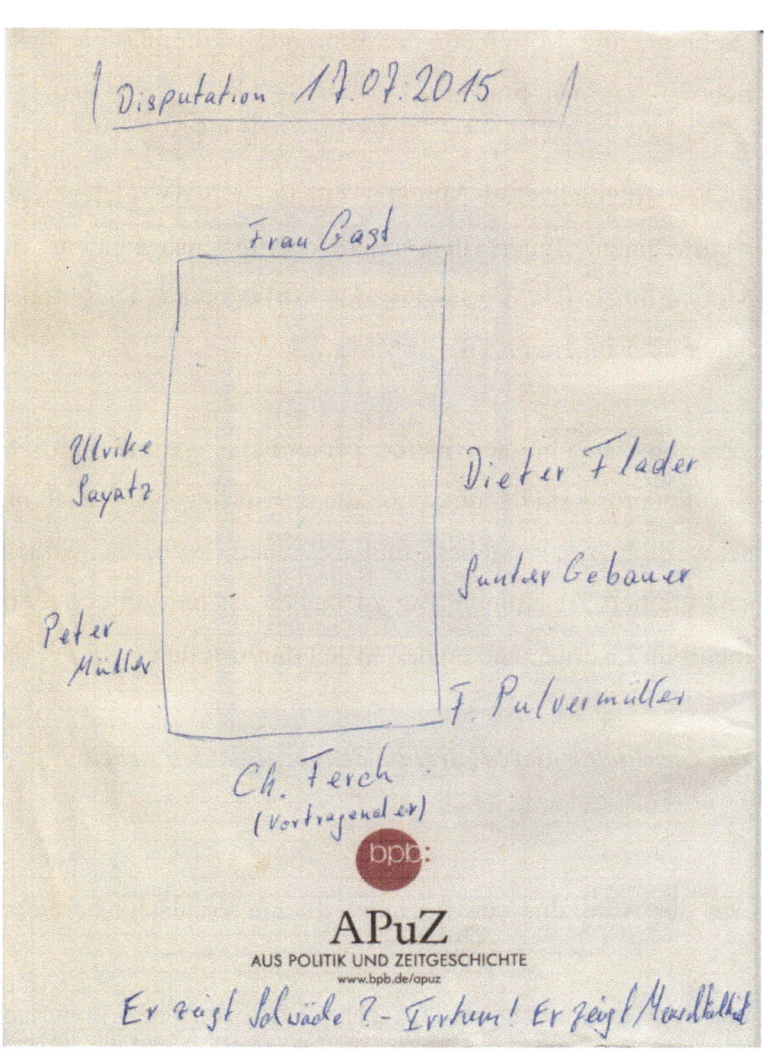

Disputation 17.07.2015

Frau Gast

Ulrike
Sayatz

Dieter Flader

Gunter Gebauer

Peter
Müller

F. Pulvermüller

Ch. Ferch
(Vortragender)

bpb:

APuZ
AUS POLITIK UND ZEITGESCHICHTE
www.bpb.de/apuz

Er zeigt Schwäche? – Irrtum! Er zeigt Menschlichkeit

„Sehr geehrte Mitglieder der Promotionskommission, herzlich willkommen, Frau Gast!

In den folgenden 30 Minuten möchte ich die Gelegenheit wahrnehmen, Ihnen den Inhalt sowie insbesondere die Motivationen des Verfassers der vorliegenden Dissertation näher zu bringen.

„Zunächst möchte ich meine persönliche wissenschaftliche Sozialisierung skizzieren, ohne die die vorliegende Arbeit nur schwerlich zu verstehen und in einen größeren wissenschaftlichen Zusammenhang zu stellen ist, um anschließend Inhalt und Kerngedanken der Arbeit darzustellen.

***Zur Geschichte und Motivation der vorliegenden Arbeit
[...]"***

Auf der Autofahrt von Bornhöved nach Wahlstedt herrschte überwiegend Schweigen.

Es sollte zu einem Friedhof gehen, um Hermann Gundlach die letzte Ehre zu erweisen. Abdoulkader Alhadji, seit etwa einem Jahr liiert mit Gundlachs Ältester Nicole, vermochte es, ein wenig Sonnenschein zu werfen in die durch Schicksal und Krankheit schwer gebeutelten Familien Gundlach und Ferch.

In der Sprechstunde bei seinem Zweitgutachter Prof. Dr. Dr. Friedemann Pulvermüller bekam Christoph Fuchs immer wieder die Unzulänglichkeiten seiner Arbeit serviert: Was denn nun sei mit der linguistischen Pragmatik der letzten 30 Jahre? „Ähhh... -" - Keine Antwort.

Wie um seinen Tränen Einhalt zu gebieten, stimmte Christoph auf der Autofahrt von Bornhöved nach Wahlstedt einen Chanson an:

Geht die Liebe mal zu Ende,

Dein Stück kleine, heile Welt,

Nimmt Dein Leben eine Wende,

Die Dir ganz und gar missfällt:

Lass' es regnen,

Lass' es regnen,

Jeden Tag, Nachtaus, nachtein.

Lass' es regnen, lass' es regnen,

Bis zum nächsten Sonnenschein.

(Ein Lied von Tim Fischer)

Nach einer halben Stunde Vortrag fand die eigentliche Prüfung statt: Vier Professoren und eine Frau Doktor prüften Christoph Fuchs sowie seine Schrift auf Herz und Niere. -

Es wurden Fotos gesendet, per Mail. Der Wettbewerb hatte begonnen zwischen der Biologin Nicole und dem Magister Christoph.

Nicoles Gummistiefel und ihr Parka: sehr sexy.

Es ging nicht um Pumps, enge Jeans, oder Knackärsche. Es ging um gute Fotos.

Rechter Hand vor dem Vortragenden die Prominenz: Prof. Friedemann Pulvermüller, Prof. Gunther Gebauer, Prof. Dieter Flader.

An dem linken Tisch Prof. Peter Müller, ein Grammatiker, sowie Frau Dr. Ulrike Sayatz. Beide Linguisten.

Was ist Kunst?

In einem runden Zimmer in die Ecke scheißen. - Okay.

Wir sichten das weitere zugängliche Material.

Theodor W. Adorno. Ästhetische Theorie. Er hatte sich Zeit genommen, zu reflektieren.

Zwei Studenten auch.

Gwendolin Rösner und Christoph Fuchs.

Sie hatte das Buch gelesen. Jedenfalls den relevantesten Teil: *„Aus der frühen Einleitung"*.

Er nicht. Daher sein Interesse und seine Motivation.

Ihre Hausarbeit „Der Begriff der 'apparition'" tippte Christoph fleißig auf seinen PC.

16 310, GK A/B Neuere Deutsche Literatur.

Dr. Burghard Damerau;

Wahrheit, Lüge oder Literatur?

Zwanzig Jahre später, an derselben Universität. Derselbe Fachbereich. Das Gerenne nimmt kein Ende. Christoph hat einen Raum zu organisieren für seine Disputation. Vorher: Klinken putzen bei Professoren und anderen Lehrkräften. Ob sie denn bereit wären, als Mitglieder der Kommission zu wirken. Dann endlich eine Unterschrift.

Während der letzten halben Stunde der Disputation fragte Prof. Pulvermüller Christoph drei Mal nach der Pragmatik der letzten dreißig Jahre. Prof. Gunter Gebauer wollte die holistische Kongruenzunterstellung erklärt haben. Naja, Geschmack und Ästhetik von beispielsweise Kleidung, Schuhen oder Frisur, erklärte Christoph. Auch hier denkt ein Sprecher, nimmt an oder unterstellt, sein Gegenüber habe denselben Geschmack, Übereinstimmung in ästhetischen Dingen eben. Kongruenz, common ground. Jedoch vorerst nur virtuell, unterstellt. -

Was weiß man wirklich und sicher über sein Gegenüber?

Seinem Bruder Andreas versuchte Christoph mit bestem Wissen und Gewissen beizustehen: Ob ihn das, was er mache, wirklich interessiere, ob er Freude und Genugtuung empfände in seinem „Job", waren seine Fragen in Telefongesprächen.

Eine Viertelstunde lang hatte Christoph den Konferenzraum, in der die Disputation stattfand, zu verlassen. Die Mitglieder der Kommission hatten in nichtöffentlicher Sitzung über die Endnote zu beraten. Hernach wurde Fuchs hereingebeten. -

„Dann zieh' ich mal meine Kutte an.", sprach Herr Pulvermüller, stopfte sein weißes Hemd in seine blue Jeans, und warf ein Jackett über seine Schultern. „Sie haben bestanden, Sie haben bestanden!" - Der Professor schien außer sich vor Freude. Die Sitzung war beendet. Händeschütteln. Glückwünsche und Anerkennung für den Kandidaten. -

Allein Herr Pulvermüller mochte dem Fuchs gar drei Mal die Hand reichen.

Hurra!

Nach Pfingsten die Heimreise mit dem Bus. Gundlachs Asche war unter der Erde. Dieses Mal keine Fotos von der hinter Wolken strahlenden Sonne. Neben der Autobahn künden märkische Kiefern von der Nähe Berlins. Ausfahrt Hennigsdorf, dann ein steinerner Bär und das gelbe Ortsschild: Berlin.

Leichte Wehmut beschlich sein Herz ob seiner Erinnerungen an die letzten zwei Wochen bei Mamusia in Blunk, Schleswig-Holstein. Sie hatten gemeinsam viel im Garten hinbekommen. Kraft schöpfen durch Gartenarbeit. Abends: Feuer und Jazz aus Barcelona. Jean Chamorro und seine Schülerinnen Andrea Motis und Eva Fernandez hatten Christophens Herz erreicht. Die kleine Teufel – Anlage sorgte für hervorragenden Klang am Lagerfeuer.

Stadtring mit Tunneln. Bürogebäude, ein Fuhrpark von Brillux. Ein Farbenhersteller. Siemensstadt, dann Blick auf den Jakob-Kaiser-Platz. Ein Kreisverkehr mit großzügiger Straßenbeleuchtung. Endlich die Ausfahrt Kaiserdamm. In der Nähe des ICC der zentrale Omnibusbahnhof am Funkturm. Eine knappe Stunde Fahrt noch durch die Stadt, dann war Christoph zu Hause. Uff, geschafft!

Dankbarkeit und Heimatgefühle mischten sich mit Aggressionen, Wut und Hass. Auf der Tischtennisplatte im Carport hatte Christoph einige Ölgemälde zustande gebracht. - Nicole: Die schönste Nebensache der Welt.
Nicole hatte Christoph von ihren Freizeitsportaktivitäten berichtet: Hallenfußball mit alten Herren. - „Nur dass die einem immer auf die Titten glotzen müssen, nervt echt jetzt." -
Tittenglotzen – vielleicht die schönste Nebensache der Welt?
Gut gewachsen ist gut gewachsen.
Angeschaut wächst es noch besser... -

Den Koffer ungeöffnet abgestellt, noch kurz ins Bad, die Haare richten, und weiter. Durst und Herz ziehen ihn in eine Lokalität, welche von einem polnischen Ehepaar aus Szeszin betrieben wurde. In nahezu familiärer Atmosphäre konnte man hier Kaffee, Bier oder andere alkoholische Getränke verzehren. Christoph hatte hier eine zweite Hei mat gefunden, in der er Skizzen anfertigen, ein Gedicht verfassen oder einfach nur entspannen konnte.

Als Hermann Gundlach auf einem Spaziergang rund um das Dorf einst eine kleine Steigung zu bewältigen hatte, schimpfte er: „Scheiß Himalaya!" - Niemand weiß, was er meinte. War es die Anstrengung der leicht ansteigenden Straße, oder gar die vierzehntägige Abwesenheit seiner Lebensgefährtin Hannelore?

Nach den wenigen Stufen abwärts lässt Christoph sich an einem Tisch auf der kleinen Terrasse nieder. Die Markise nützt wenig, denn die Sonne steht schon tief, es ist Herbst. Nachdem sie eine bunt angemalte Milchkanne, mit Sonnenblumen dekoriert, auf seinem Tisch platziert hat, setzt die Chefin der Lokalität sich zu ihm, um ein wenig zu plaudern: Christoph blickt in das helle Gelb der übergroßen Sonnenblumen, durch die Sonnenstrahlen eine letzte Weile illuminiert, denkt an Vincent, sein leidvolles Leben, bis ihm die Tränen kommen.»Ich möchte auch so verrückt sein wie Du, Christoph.« sagt Monika. - Den Blick abwendend, Tränen nahe, fast flennend, ringt er um eine Antwort.»Bitte nicht.«

Das gleißende Gelb zerschmettert sein Hirn.

Die Sonnenblumen hatten ihre Arbeit verrichtet.

Eigentlich wollte er nur eine Vase malen.

*Mit herzlichem Dank an
Maczek und Monika,
Paulina,
Cousins Karsten und Olaf Jöhnk,
Meinen Eltern und Großeltern,
Harald Krichel.*

Besonderer Dank gebührt

Frau Uschi Reifenberg sowie

Frau Janna Wagner

Кристиан Ферх

September 2018 – Juli 2020.

Viele ungeweinte Tränen.

(Ein Mann gibt Auskunft... -)

© 2021

Herstellung und Verlag:

BoD - Books on Demand,

Norderstedt

ISBN 978-3-7526-2921-7

oskar kabel [29. märz 20]

0022

nein. du. kannst. diese. viren. nicht.
wegmeditieren. du. kannst. diesen.
wandel. nicht. wegmeditieren. den.
wandel. des ö r pers. des kl i   a s.
des kalten. k rieges. in jede m. herz.
du. kannst. die welt. und. dich. selbst.
nicht. wegmeditieren. du. bist. diese.
welt. die. über sich. selbst. meditiert.
du. bist. diese liebe. und angst. diese.
sehnsucht. nach etwas. größerem.
das. diesem. irrwitzigen. kaum. zu
ertragenden. desinfektionsspektakel.
einen. logischen. s inn. gibt. der. jede.
statistik. in einen. chatten. stellt.
eine dunkelheit. die. kein impfstoff.
kein gott. auszuleuchten. vermag.

oskar kabel [25. april 20]

0023

creative industry. is not. a luxury. but.
with its $111 billion. annually. indeed.
systemically. relevant. for the entire.
economy. aber. wie systemrelevant.
ist. die freiheit. der poesie. und wie.
frei. ist diese. systemrelevanz. aller.
kritischen. dichter. wie unabhängig.
ist. sprache. wie systemkritisch. ist.
die unabhängigkeit. der verrückten.
wörter. how. systemically. relevant.
is. free. speech. beyond. institutions.
how. independent. is. language. at all.
how. systemically. relevant. are these.
freelance. artists. without. any. basic.
income. how. relevant. is. a. minister.
with. luxury. income. through taxes.